CADA
TRIDENTE
EM SEU LUGAR

Cidinha da Silva

CADA TRIDENTE EM SEU LUGAR

3ª edição

MAZZA
edições

1ª reimpressão – 2021

Capa
Túlio Oliveira, sobre ilustração de Lia Matamba

Foto da autora
Fábio Domingues

Diagramação
Pablo Guimarães

Revisão
Dida Bessana

S586c Silva, Cidinha da
Cada tridente em seu lugar / Cidinha da Silva. – 3. ed., rev. Belo Horizonte : Mazza Edicões, 2010.

96 p.

1. Crônicas brasileiras 2. Relações raciais 3. Relações de gênero 4. Identidade social I. Título

CDD: B869.33
CDU: 869.0(81)-94

Mazza Edições Ltda.
Rua Bragança, 101 – Bairro Pompéia – *Telefax*: (31) 3481-0591
30280-410 • Belo Horizonte - MG
e-mail: pedidos@mazzaedicoes.com.br
www.mazzaedicoes.com.br

Ocê pensa que caminho e estrada é tudo a mesma coisa, mas tá errado, minha fia. A estrada é uma coisa, o caminho é outra. A estrada é uma via, uma picada no mato, um cortado no chão e é muita. O caminho é quando ocê escolhe uma estrada pra seguir e chegar no seu lugar.

Exu Tranca Rua

Para Juninho, Amanda, Carol,
Naiara, Vinícius e Dimka.
Os que chegaram!

Sumário

A estrada é uma coisa, o caminho é outra

As relações entre literatura e história (apesar dos métodos específicos empregados na produção dos discursos de cada uma destas áreas) são tecidas no limiar de suas diferenças. Ou seja, no ponto em que os discursos evidenciam sua relatividade e permitem que ora o ficcionista abra clareiras para a análise do historiador, ora o historiador estimule a força criadora do ficcionista. Atraída por esse jogo, Cidinha da Silva, reconhecida pelos seus trabalhos de sociologia e historiografia, investe na literatura, urdindo uma textualidade na qual os conflitos e os diálogos entre fato e ficção representam grandes desafios ao seu processo de criação. A investigadora, empenhada em ressaltar a objetividade dos eventos, assume o risco de lidar com a relatividade própria do discurso de ficção.

No livro *Ações afirmativas em educação: experiências brasileiras* (2003) o leitor reconhece a disciplina, a competência e o talento que deram a Cidinha da Silva argúcia para perceber os fatos e analisá-los a partir de diferentes perspectivas. Todavia, em *Cada tridente em seu lugar*, obra de ficção, o diálogo entre literatura e história se prenuncia e, não raro, retrai-se. Isso ocorre na medida em que a historiadora descortina belos e importantes temas sem que, no entanto, a ficcionista se aproprie inteiramente deles.

A trajetória intelectual de Cidinha da Silva mostra sua opção por descer do mirante da história para estar entre as pessoas que fazem os fatos de uma outra história, silenciada porque pertencente aos menos favorecidos. Por isso, *Cada tridente em seu lugar* esconde núcleos grávidos de especulações estéticas e ideológicas. Algumas vezes bem aproveitados, esses núcleos resultam em narrativas abertas à discussão sobre o multiculturalismo da sociedade brasileira e às experimentações da criação literária.

Cidinha da Silva – postada, à maneira do sociólogo Marc Augè, como um etnógrafo no metrô, ou seja, na esquina de sua cidade, na porta de sua casa para conhecer o outro que, agora, é o próprio sujeito – articula uma série de narrativas que não hesitam em alimentar-se de suas contradições. Porém, esse procedimento (que pode render excelentes exercícios de metalinguagem), às vezes, não se explicita como ação intencional da autora. A tentativa de Cidinha da Silva de costurar o conto e a crônica estimula, por um lado, o diálogo entre a ficcionista e a observadora. Nesse aspecto, no tom ligeiro da crônica se insinua a arguta investigadora de nossas demandas sociais. Por outro lado, esse diálogo não se aprofunda e contos instigantes ("seu marabô", "dublê de ogum", "domingas e a cunhada") acabam por ter sua vitalidade ameaçada ao serem colocados na vizinhança de textos menos complexos.

A indefinição da autora quanto a essas questões impede, por exemplo, que **"licença aos meus que já foram" se desenvolva como uma grande narrativa vinculada ao** universo dos cortejos, dos reinados de Congo e da estética banto-católica. Nesse texto, em particular, há personagens & dramas, paisagens & deslocamentos esperando para serem deslindados, ou enredados, numa inovadora saga de brasileiros.

Em tempo, a epígrafe do livro, enunciada por Exu Tranca Rua, sugere que a dificuldade na resolução de um problema (como reconhecer a diferença entre *caminho* e *estrada?*) se impõe como o motor da vida. Em *Cada tridente em seu lugar* Cidinha da Silva impõe a si mesma o desafio de transformar as dificuldades em soluções para a sua escrita. Por isso, os seus embates com a escrita apontam, também, para as soluções que lhe permitirão vislumbrar o *caminho* literário ("é quando ocê escolhe uma estrada pra seguir e chegar no seu lugar") que pretende percorrer.

Edimilson de Almeida Pereira
Juiz de Fora, outono de 2007

I

Cada tridente em seu lugar

Dia desses recebi carta de um leitor colérico, cheia de reclamações porque em texto de minha lavra utilizei uma imagem do tridente de Netuno como recurso ficcional comparativo. Em sua opinião eu deveria ter usado o tridente de Exu. Mal sabe o leitor que tudo o que se fala sobre Exu está sempre amarrado a uma ponta de mistério, ensina Carolina Cunha. Ele vive em um tempo mágico. Ele próprio é mágico, transforma-se no que quiser e se movimenta num constante vai-e-vém. Assim, naturalmente se tornou mensageiro. Para bem falar de Exu – não seria louca de falar mal – é preciso ser iniciada, saber segredos que, como tais, não devem ser revelados. Então, caro leitor, sinto-me mais à vontade para mexer com o tridente de Netuno (patrimônio cultural da humanidade que a mim também pertence) e, mineiramente, deixo quieto o tridente de Exu. Arma por demais poderosa que funciona por eletromagnetismo. Sou maluca de colocar um negócio desses na minha cabeça?

A carta, entretanto, evocou-me outra lembrança. A do poeta que ao me encontrar no cinema com um grupo de alunos, perguntou-me se achava *O homem que copiava*, um filme adequado para jovens negros.

É lógico que sim, respondi. A seguir discorri sobre o que me parecia ser o cerne da indagação dele. Seria aquele um filme adequado para discutir com estudantes negros a tensão das relações raciais travadas no Brasil? Na trama, um jovem negro, operador de uma máquina de fotocópias se apaixona por uma garota branca, caixa em um supermercado. A história se passa no Rio Grande do Sul, local onde seria pouco provável que aquela relação afetiva não fosse notada como algo fora da norma. É fato, ainda, que o autor escorrega feio ao construir o personagem-pai da mocinha como reacionário, explorador da filha e abusador sexual, mas que, supostamente, não é racista. Afinal é estranho que um homem branco, cujo caráter já foi descrito, não dê importância ao namoro de sua única filha com um negro pobre e sem futuro. Não combina. Entretanto, esta idiossincrasia mesma constitui um grande mote para discussão, pois é mais um dos milhões de exemplos da invisibilização dos conflitos raciais no Brasil.

Mas o filme tem um mérito inegável, talvez único na produção cinematográfica brasileira. O operador da máquina de fotocópias (o homem que copiava) não é um personagem negro, mas é representado por um talentoso ator negro, Lázaro Ramos. Como o homem que copiava não tinha uma marca racial, o "normal" seria que ele fosse representado por qualquer talentoso ator branco. Jorge Furtado, o diretor, subverteu o limitador pressuposto da dramaturgia nacional, de que atores e atrizes negros (quando conseguem algum espaço) devem representar personagens propriamente negros ou papéis subalternos, nos quais "cabe" um negro.

Então, seu poeta, o filme é adequado para discutir a invisibilidade dos conflitos raciais, sim senhor.

Seu Marabô

– Mas você não vê como ele flutua? É incrível. É fascinante. É encantador!

– Não, não vejo nada. Só sinto que ele roda, gira, gira, e não tenho controle.

– Ah, é uma pena que você não veja. Ele é diferente, anda de lado, dançando. E gira de lado também, torto. E tira o chapéu, cumprimenta as pessoas e sorri de lado.

– E vocês não têm medo?

– Medo? Nada, de que jeito? Ele é duro, não alivia, põe a batata quente na mão da gente e você que se vire, que resolva seus pobrema. Mas é humorado, engraçado, filosófico. Usa metáforas que todo mundo entende. Outro dia recomendou a uma moça que derretesse em um tacho de estanho o orgulho que lhe obstruía o peito, os olhos e a respiração. À outra falou um negócio sobre a cavalaria que ela trazia dentro do peito. Disse que cavalo cansado não ganha guerra. Precisa parar, descansar, beber água e dormir. Disse que se o cavalo está cansado, na hora em que o cavaleiro mais precisa dele, o bicho resfolega e não responde. "Já pensou que vexame, perder a guerra porque o cavalo tá cansado?" A mim, disse que eu era dele, que carregava o povo dele. Por isso, não deveria passar no meio de encruzilhada, sempre nas laterais, pois, "pra entrar na casa dos outros não tem que pedir licença?". Então. Era assim também para passar pela casa do povo da rua. Olha lá, olha lá! Lá vem ele.

Dublê de Ogum

Tudo começou com uma brincadeira quando ele ainda era criança. O menino subia na cisterna com a capa de prata colada ao pescoço, espada de plástico azul em punho e gritava: *pelos poderes de Graiscow*. Depois pulava no chão fingindo voar. A família preocupava-se porque ele já era um moço com sombra de bigode e não abandonava o brinquedo infantil, mesmo que o desenho animado não passasse mais na TV. Às vezes ficava emburrado, pensativo. A mãe atribuía o fato ao fim do seriado.

Aos treze, completados em 24 de abril, muniu-se da capa e da espada e parou no portão da casa, de braços cruzados, olhar muito firme. Assim ficou por longos minutos. A avó que morava na casa de cima, disse que aquilo já passava dos limites e deveriam levá-lo a um psiquiatra. Levaram. A gota d'água para tomar tão difícil e dolorosa decisão familiar foi o dia em que o menino enfrentou um cachorro com sua espada de plástico, dizendo coisas esquisitas: "Não ouse me enfrentar, levantar a cabeça ou os olhos para me ver que sua cabeça rolará serra abaixo".

Marcaram a consulta com uma psiquiatra. A avó foi junto. Primeiro a médica explicou às duas mulheres como trabalhava. Disse que não existiam loucos, mas pessoas inadaptadas ao mundo em que viviam, em sofrimento mental ou espiritual. Em alguns casos havia pessoas com deficiência de certas substâncias ou excesso de outras no organismo, coisa que a medicina ortomolecular já estava tratando. O importante era ter abertura para entrar no mundo da pessoa afetada e procurar compreendê-la, sem julgamentos. Alertou também que trabalhava com os sonhos e como se tratava de um adolescente, a família precisaria concordar em participar do tratamento.

A avó olhou para a filha, achou tudo muito estranho, principalmente o negócio dos sonhos, mas se era para o bem do menino, concordava. Como nos casos de decisões mais sérias, quem tomava a frente era a avó, estava todo mundo de acordo, leia-se, a mãe, pois o pai, sempre embriagado e ausente, nem via o que se passava.

O menino contou um dos sonhos. Ele se vestia como o Homem de Ferro, personagem dos quadrinhos, e uma matilha de cães o atacava. Ele desembainhava a espada e cortava a cabeça de todos, um por um. Tomado por ira terrível, cortava também a cabeça dos passantes que o observavam e não lhe rendiam graças.

Em outro, ele morava em país distante, onde todo mundo era preto e ele também. Vivia no coração da montanha mais alta e os moradores avisavam aos estrangeiros que aquela era a casa de um homem jovem, muito grande e muito forte, ferreiro de profissão. O trabalho na forja só era interrompido quando alguém subia a montanha. Ele se dirigia ao incauto e dizia: "O que te traz aqui, viajante? Por que tomaste minha estrada?" Alguns respondiam que andavam a esmo, a procura de um caminho; outros ouviram dizer que se rogassem a ele, o guardião da montanha e da forja, seus caminhos seriam abertos. Ele ria jocoso e indagava: "Como posso te abrir os caminhos se não tens um rumo a seguir?" E então explicava: "Embora aches que me procuras, buscas a ti mesmo e não te faltarei. Mas o caminho deverá ser feito por ti. Posso te conduzir em meus braços, mas a travessia será tua." "E se eu não quiser, posso desistir?" Ele ri, dessa vez um riso estrondoso, de desdém e malícia. "Não há escolha, humano tolo e incrédulo. Quem chega até aqui é obrigado a atravessar." "Você me chamou de humano. Você, por acaso, não é gente?" "Não despeje mais tolice do que tua cabeça comporta. Tu vieste aqui para conhecer os teus mistérios, os meus, não te é dado saber. Prepara-te, pois vais atravessar a montanha comigo."

E cada pessoa que chegava a esse momento, não continha um grito de horror quando via o abismo de cerca de dois metros de largura que separava os dois lados da montanha. Como atravessar aquilo? Aquele homem sozinho até poderia fazê-lo, mas como atravessar com alguém no colo?

Alheio às conjecturas dos viajantes o homem se concentra diante do fogo. Retira a espada da forja, mira o horizonte, corta para a direita, para o centro e para a esquerda. Coloca-a acima da cabeça, amparada pelas duas mãos, deposita-a novamente na forja. Ajoelha-se no chão, parece fazer uma prece. Abre os braços e diz palavras desconhecidas. Toma a espada outra vez e ordena ao homem que o aguarda: "Siga-me, viajante!" "Para onde?" Ele pensa. "Para o abismo?" Pergunta-se o que fora fazer ali, despede-se da vida, pois é certo que vai morrer. E se fugisse? Impossível, conclui. O homem da espada era um potente guerreiro de um lugar chamado Ifé e o alcançaria em poucos passos. Isso se não o transformasse em pedra, bicho ou grão, por meio de algum raio, ou coisa que o valha. Poderia cortar-lhe a cabeça com a espada. Não, era mais prudente esperar a morte certeira no abismo.

O ferreiro, muito sério e determinado, chega a menos de um metro do buraco fundo que separa os dois lados da montanha e chama o homem: "Venha, é chegada a tua hora". Finca a espada na pedra e pega o homem de oitenta quilos em seu colo. Ele se agarra ao pescoço do ferreiro como um bebê. O ferreiro retira a espada do chão, ergue-a para o céu, flexiona os joelhos e voa para a outra margem. O homem, quando abre os olhos, já está em terra, na margem oposta. O ferreiro dá outra ordem: "Siga por aquela estrada e encontrarás o caminho! Não olhe para trás." "Não entendo, a estrada não é o caminho de volta?" O ferreiro ri e diz que sua parte está feita.

A médica impressiona-se com a riqueza de detalhes dos sonhos do garoto e pergunta o que eles despertam nele. O garoto diz sentir-se aquele homem, o que corta as cabeças, é de ferro e voa com uma espada na mão. Um dublê de Ogum, ela intui.

Licença aos meus que já foram

Reza a lenda familiar que o bisa saiu para buscar a parteira e, quando voltou, a criança já tinha dente. Era um bom homem, mas era rei e como tal ninguém lhe punha cabresto. Rei de Congada. Rei da Marujada. Rei de casa de adobe, ninho de barbeiro nas frestas. Um rei altaneiro, esguio e serelepe. Rei de Congada. Rei da Marujada.

A mãe do bisa fora forra. Eva, quituteira afamada no Rio Preto. É onde se vai mais longe na saga alcoólica da família. Bebia até cair na rua e ser recolhida pelos filhos, o bisa e o irmão. O primeiro cumpria o papel filial, mas o segundo reclamava, maldizia a mãe. Esta rogou-lhe uma praga e praga de mãe ninguém tira. Mostrou-lhe um pote, disse que havia bebido até a metade, dali para a frente não mais beberia e cabia a ele continuar. Contam que foi dito e feito. O tio-bisa morreu de tanto beber.

Uma avó tinha devoção às almas. Contava que uma vez lhe roubaram uma trouxa de roupa limpa, passada, pronta para entregar. O roubo foi à noite e ela descobriu logo. Foi para o terreiro e pegou com as almas, as santas almas benditas. Acendeu velas lá no terreiro, que vela pra morto não se acende dentro de casa. Fez uma reza forte, daquelas que não ensinava às filhas porque não era coisa de criança. Foi dormir.

No outro dia pela manhã, bem cedo, quando estava a caminho da bica encontrou a trouxa de roupa na porta da casa de uma vizinha, há uns 200 metros da sua. A vizinha contou que um moço caminhava trôpego, como um bêbado que carregasse um fardo de pedras. Não aguentou e largou ali, a trouxa. Ela desconfiou que pertencesse à vizinha, maior lavadeira da região, mas como não estivesse certa, não foi avisar. A avó agradeceu e disse que era dela mesmo, roubaram, mas não tiveram força para carregar. Ação das almas, pensou. E ainda lhe mostraram a casa do ladrão, pois que devia ter sido o filho daquela vizinha. Moço preguiçoso, achava mais fácil roubar do que trabalhar para comprar.

A outra avó contava histórias de índios caçados a laço. Índios bravos, de pele preta, do Vale do Jequitinhonha. Histórias da sua ascendência. Histórias também, de suicídio e de tristeza, de alcoolismo e de correntes, de trabalho e pouca valia.

Mas basta de angústia e agonia. Que rufem os tambores do bisa para vibrar por todo o sempre, a alegria.

O cobrador de ônibus e o deus-vaca

"Esse aí tá com o reino do céu garantido", comenta o cobrador do ônibus, assim que o rapaz, cujas mãos acumulam a função de mãos e pés, termina sua cantoria e o pedido de apoio para exercitar sua arte. Olho a situação e penso que talvez se trate de mais uma vítima da poliomielite. O cobrador espia o céu, fixa-se em mim que estava a seu lado e comenta: "Sujeito de sorte, ele, a senhora já pensou o que é arder no fogo do inferno por toda a eternidade?". Atordoada, respondo: "Não, não pensei". Na certa ele estava penalizado com as limitações físicas do rapaz cantor e resolveu premiá-lo com a absolvição do inferno. Coitado, do cobrador.

"A senhora tem religião?", prossegue, antevendo não ser a minha a mesma dele. Afinal, aquele cabelo *black power* e um arco-íris na roupa. "Tenho", respondo, louca para saber onde a prosa desaguaria. "Acredita em Deus?", ele continua, desafiador. "Acredito!" Não o seu, penso. "Pois é, num vê aquele povo da Índia? Eles num acredita em Deus e adora vaca. Adorar santo já é uma ofensa ao senhor Jesus e adorar vaca, eu nem sei dizer o que é. Por isso aconteceu aquela desgraceira toda. Aquela chuva que não parava e o mar se voltou contra eles em ondas gigantes. O pastor falou na igreja e deu no Jornal Nacional também".

Compreendi que ele falava sobre os *tsunami* que surpreenderam o sudoeste da Ásia no início de 2005, e atribuía a catástrofe ambiental ao fato de os indianos considerarem a vaca um animal sagrado. Santa lobotomia, Batman. Perplexa, não sabia o que fazer, mas tentei explicar que a vaca é sagrada para a cultura indiana, assim como outros animais o são em diferentes culturas. Argumentei que na Indonésia, país muito afetado pela catástrofe, predomina o islamismo, 80% do país é muçulmano e não há adoração à vaca. Procuro sensibilizá-lo para o tema do respeito a outras religiões e gasto meu latim em vão. De nada adianta ilustrar a conversa narrando a existência de um templo em homenagem a Buda, considerado uma das sete maravilhas do mundo. Constituído por cinco quilômetros de rochas vulcânicas, firmemente encaixadas umas nas outras. Demorou setenta e cinco anos para ficar pronto. Falo dele com um símbolo imponente da busca humana por algo maior. Transbordo meu caldeirão de diversidade, mas de nada adianta. O rapaz é irredutível: "Deus-vaca na terra de Alá. Onde já se viu?".

Olho para ele com o rabo do olho, calada e impotente. Coloco o fone de ouvido e enquanto procuro uma estação de rádio que me agrade, ouço uma notícia que me devolve o ânimo. A repórter diz que o Tribunal de Justiça do Estado da Bahia condenou a Igreja Universal a pagar significativa indenização por usar imagem de mãe de santo para ofender o Candomblé. E o tema das religiões de matriz africana prossegue. Fala-se na reportagem também sobre a criação de um grupo de militares praticante dessas religiões dentro da corporação, com o objetivo de educar instituições e pessoas para o respeito às expressões religiosas de matriz africana. Olho para o cobrador e me convenço de que não vale a pena prosseguir na tentativa de demovê-lo do sectarismo. Mudo a estação de rádio, fecho os olhos e finjo dormir.

A velha na soleira da porta

Terminaram de aprontá-la e foi colocada na porta para receber os convidados. Só os homens. Tradição Balanta. Durante sete dias ficará ali, dia e noite, noite e dia, recepcionando os visitantes. Sempre homens. As crianças passarão pela rua, rirão e farão comentários, mas não se atreverão a chegar perto. Algumas mulheres ficarão curiosas, principalmente as de fora, que se perguntarão porque só os homens podem ir até lá. Ela receberá presentes levados pelos homens e eles conversarão com ela. Conversas cujo teor ninguém saberá.

Depois de sete dias ela sairá da casa onde viveu toda a vida. E descansará. Em paz.

II

Uma historinha de São João

Olha pro céu, meu amor, vê como ele está lindo, olha praquele balão multicor, como no céu vai sumindo (...)

Saí para comprar tempero e voltar logo ao preparo das postas de peixe que me aguardavam pegando gosto no limão. Passou por mim uma garotinha de uns nove anos e me abriu um sorriso de quem troca dentes de cima de sua bicicleta. A senhorita simpatia me pegou tão de surpresa que não retribuí ao riso de pronto. Ela pedalou uns metros na direção contrária à minha e depois voltou, sorrindo de novo. Tirou um papelzinho do bolso, estendeu para me dar e disse baixinho "Feliz São João!"

Tocada pela espontaneidade do gesto peguei o papel singelo. Sorri. Agradeci. Disse que o desenho do pequeno balão era lindo (em verde e rosa, ainda por cima) e guardei-o no bolso. Meu coração sudestino entendeu, naquele momento, que a gente urbana do lado de baixo do país não tem ideia do que seja o São João para o povo do lado de cima. É uma festa da alma. São rezas, profanidades, comilança e espírito de solidariedade.

Na vendinha, procurei uma caneta bonita para dar de presente à garota, mas não havia nem Bic. Comprei então umas balas pra'quele anjo/erê. Olhei a rua e a encontrei encostada em sua bicicletinha, observando os jogadores de vôlei. A seu lado, um guardião, pretendente a namorado, primo ou irmão, não sei. O caso é que me dirigi a ela e disse: "Posso lhe dar uma coisa também?" Ela sorriu um sorriso enorme de quem tinha os dois dentões da frente emparelhados com caninos ainda de leite, e pegou as balas. É lógico que eu tinha um segundo punhado de balas na outra mão e tratei de oferecê-las ao guardião, que, desconfiado, aceitou.

Um rapagão do vôlei ficou olhando para ver do que se tratava. Um distinto senhor assentado na varanda da casa, em frente da qual tudo se passava, também. Vi que eles cuidavam da cena e estavam certíssimos, mas não liguei para as atenções deles. Afinal, nada de mal acontecia. Era só nossa cumplicidade à luz do dia, para quem quisesse ver.

Um passo preto canta numa viagem de ônibus

No ônibus vazio, seguia tranquila observando os resultados de três dias consecutivos de chuva de verão: muita lama, bueiros transbordando, barrancos caindo e sujeira geral. Em uma parada próxima ao final de linha, entra uma voz forte e melodiosa no coletivo, cantando uma composição de Jorge Versilo em uma interpretação *a* Emílio Santiago. Os versos tratavam do aprendizado proporcionado pela dor, concluindo que o amor era, simplesmente, o encontro das águas.

Bonitas, a música e a voz. Estiquei o pescoço para ver quem era o cantor e não vi ninguém. Ouvi um barulho de tamancos e olhei para o chão. Então vi um rapaz negro com o tronco muito desenvolvido contrastando com as pernas finíssimas, dobradas, próximas às mãos, que faziam o papel dos pés. O moço cantava como o passo preto da minha infância, só que alegre e livre – *o que é que eu vou fazer com esse fim de tarde, pra onde quer que eu olhe, lembro de você, não sei se fico aqui ou mudo de cidade* (...). Bom repertório, pensei, dobrando os lábios daquele jeito que a gente dobra quando pensa.

Enquanto cantava ele tirava a mão calçada com luvas de goleiro do tamanco esquerdo e a estendia a cada pessoa sentada. Tratei logo de pegar minha contribuição para o artista e mereci outro trecho de música. Parecia que ele adivinhava o sentimento da gente: *confesso que chorei, não suportei a dor, é doloroso se perder um grande amor.* Puxa véio, um pico de Jorge Aragão na artéria femoral. Overdose para qualquer coração.

Lágrimas à parte, o moço seguia com seu sorriso largo e eu pensava: que diferença daqueles meninos que entram no ônibus em São Paulo com aquela ladainha insuportável – *se-nho-res pas-sa-gei-ros, des-cul-pe in-co-mo-dar a vi-a-gem de vo-cês* e toca a contar a saga da família de dez irmãos, pai desempregado e mãe com câncer, todos passando fome, só ele em condições de pedir, e pedir, como todo mundo sabia, era melhor do que roubar. Não satisfeito, o adolescente capricha mais um pouco na cara de dor de barriga e entoa uma música sertaneja qualquer, imitando o sertanejo do momento. E você ali, ouvindo, querendo colar a matraca do moleque com cimento e sentindo uma saudade desesperada das modas de viola de Pena Branca e Xavantinho.

Mas aí volto para o ônibus em Salvador e reparo que, enquanto girava o corpo sobre as mãos, dirigindo-se à porta da frente para ir embora, o rapaz cantor reconhece uma amiga e começam a conversar. A voz dela é muito baixa e eu não entendo. Entretanto, ele fala alto, para alegria da minha curiosidade. Ele conta que na semana anterior tinha faltado à faculdade porque havia tido dois coágulos nas pernas e a dor, arretada, não o deixara sair de casa. Naquela semana, todavia, voltaria às aulas e à capoeira (balança o tronco cheio de ginga). Só pode ser angoleiro, concluí segura. Pulando sobre as mãos, ele se despede cantando uma canção do Luís Américo, sucesso nos anos 70: *sou filho da véia, oh, eu não pego nada, a velha tem força, oh, na encruzilhada!*

Cariocas do brejo

Ói, eu vou contá uma coisa pro'cês, num tem mitidez maior que a do povo de Juiz de Fora. Deus que me perdoe, o Edimilson também, mas eta povin mitido, sô!

Ocê pergunta pra qualquer minino aí na rua: qual é a capital de Minas Gerais? E a resposta vem quentinha: Belzonte, uai! Mas se der de perguntar pr'um que nasceu e se criou em Juiz de Fora, é bem capaz do infiliz respondê: Rio de Janeiro, meu irmão!

Opsevê um negócio desses. É uma fixação que esse povo tem no Rio de Janeiro que ocê num pó maginá. Praia! Praia! Que graça tem? Um mundão de areia dum lado e um mundão de água do outro. E a muiezada pelada, disfilano cada corpão! Tá certo que essa parte a gente até comprende, num dêxa de tê um certo atrativo. Mas tirante isso, que mais que tem? Sou muito mais o São Francisco em Pirapora, as cachuêras da Serra do Cipó, de Ouro preto, de Diamantina. Ocê presta atenção numa coisa, um estado de tanta riqueza e eles com o olhão embatucado pros lado do Rio de Janeiro.

É, mas o belorizontino que é muito do esperto, não dexô por menos e só de pirraça pilidô eles de carioca do brejo. Tomô papudo, num qué sê carioca? Só que ocê tá em Minas Gerais e aqui num tem mar não senhor. Mas tem brejo e sapo que dá gosto.

Aconteceu no Rio de Janeiro!

Em São Paulo havia a velhinha de Taubaté. No Rio de Janeiro tem D. Mariana que não foi imortalizada entre os velhos de Copacabana da Carla Camuratti, até porque é moradora do Glória, mas é uma figura. Trata-se de uma senhora de oitenta anos, bem vividos, corpinho de sessenta e cinco, disposição e humor de quem nasceu para bem viver. Todo dia, às 15h30, a intrépida avó se prepara para ir à padaria buscar os pãezinhos do café da tarde. Escolhe a roupa, um batom que combine, passa o perfume leve que a acompanha há trinta anos. Chega pontualmente às 16h15 e espera os pãezinhos que ficam prontos às 17 horas. Padaria de bairro, sabe como é, tudo sai na hora marcada. Pega os pãezinhos e segue revigorada para casa. As duas netas que sempre a visitam, não entendem porque ela insiste em sair de casa para buscar pães. Afinal, para que serve o eficiente serviço de *delivery*, senão para encomendar pães pelo telefone e recebê-los na porta de casa?

Em uma tarde preguiçosa de sexta-feira, Marianinha, a neta de dezessete anos, resolve acompanhar D. Mariana à padaria, não sem antes reclamar que saíam muito cedo de casa. Eram 16h08 e os pães só ficariam prontos às 17 horas. D. Mariana chega ao estabelecimento e é cumprimentada por todo mundo. Esgueira-se entre as mesas lotadas de rapazes de sungas coloridas, salpicados de areia, molhados do banho de mar. Sorridentes, cervejeiros, cheios de bossa. Um deles grita ousado: "Bela netinha, heim vovó!" 'É, mas não é para o seu bico", ela responde. A neta disfarça, olha para o rapaz galante e observa que é um tipão. Bonito, sarado. Se já não estivesse ficando com o Guto, bem que daria um jeito de passar o número do celular para ele. Sentam-se em um cantinho discreto e D. Mariana acerta o aro dos óculos escuros. Marianinha tira um livro da bolsa e a avó sorri compreensiva, pois sabe que a neta está se preparando com afinco para o vestibular. Faltam quinze minutos para as 17 horas e Marianinha, impaciente, pergunta: "Mas vovó, por que a senhora não usa o serviço de *delivery*? Fica aqui esperando o maior tempo para pegar esses pãezinhos. Ou por que a senhora não sai de casa mais tarde? Já estamos sentadas aqui há meia hora".

"Ora minha filha (passando os olhos pelo traseiro do gostosão mais próximo e pela profusão de peitorais, bíceps, adutores e outros glúteos ao redor), e você acha que eu iria perder essas be-le-zuuuu-ras?"

"Vóooo!?"

“Sobre o exercício da arte difícil e nobre de estar só”

Há dias em que você acorda e tudo se torna mais triste. Mais pesado. Mais difícil. A busca do entendimento a conduz a visitar o último amor terminado. Você se tortura para saber onde quebrou. Por que quebrou? Como e quando aconteceu? Porém é raro encontrar resposta, pois não se trata de curso de inglês ou matéria jornalística.

Mas o martelo do desespero insiste em golpear sua cabeça e propõe-lhe uma abordagem biomédica. Dissecatória. Teria sido morte súbita ou lenta agonia? Você faz exames para descobrir quando o doente entrou em fase terminal. Pergunta-se por que todos os seus esforços foram insuficientes para salvá-lo.

Na etapa seguinte você busca a fé. Único recurso para espargir as dimensões fantasmagóricas do amor que se foi.

O recurso metafísico não deixa de ter seus efeitos e depois de algum tempo esvaziando o copo, o amor novamente bate à sua porta. Você pensa que reencontrou a felicidade perdida. Merecida. Você torna a ler poesia e o espírito é renovado. O amor é lindo.

Só que tudo um dia termina. Você se vê sozinha outra vez. Sofre como uma burra de carga subindo ladeira que parece não ter fim. Também, pudera, esqueceu-se que o amor é apenas o laço que enfeita um buquê de flores.

Domingas e a cunhada

Elas dormem juntas e isso é público, mas ai de quem as declarar amantes. A casa tem apenas um quarto, cuja porta sempre fica aberta e donde se vê uma cama de casal. Uma trabalha na feira. Vende abóbora, batata, milho. Tudo colhido de seu pequenino roçado. A outra cuida da casa e dela também, que fuma muito e tem uma tosse intermitente.

O que se conhece da história das duas é que a primeira, Domingas, parou em Buritizeiro fugindo da seca. Saiu de Pernambuco em 1942, com dezesseis anos e seguiu o curso do São Francisco até chegar lá. A cunhada, que pouca gente sabe o nome, diz que saiu de Serra Talhada menos de um ano depois, atrás do marido que julgou estar com a cunhada, Domingas. Não encontrou o marido, mas achou Domingas e passaram a viver juntas.

Quando Domingas a chama, geme alguma coisa como "Mindinha", ou só "Inha". E é assim que o povo a chama também, nas raras vezes que se dirige a ela. Tranquila, calada, não é de conversação com a vizinhança. Quando mais nova falava-se muito da sua beleza. Pequena, rosto largo e vasta cabeleira preta. Uma bela índia. Domingas não era bonita, não. Nunca foi.

Vida social as duas não tinham. Só a ex-freira holandesa visitava-as com frequência. A freira morava com uma amiga e mudava de amiga de vez em quando. O povo maldava as amizades dela, mas, ao contrário de Domingas, ela não se importava. Era a única que sabia a história real e escreveu uma novela para participar de um concurso na Europa, depois da morte de Domingas e da autorização de Inha, que se descobriu chamar Arminda.

Arminda, aos catorze anos e meio casara-se com Tonho, irmão mais velho de Domingas. Ele, desde criança, era encantado pelo Cangaço. Quando soube da morte de Lampião, resolveu ser cangaceiro para vingá-lo. Deixou o casamento recente e entrou para o bando de Corisco. Lá deixou de ser Tonho para se tornar Cabelinho de Fogo. Sempre fora desastrado e conseguiu dar um tiro na própria mão, o que lhe custou três dedos. Abandonou o grupo. Envergonhado, vagou pelos matos sozinho durante meses, antes de voltar para casa e comunicar à Arminda que se lançaria no mundo, mas sem ela. Tinha pouca condição para cuidar de si e nenhuma para cuidar dela. E foi embora.

Domingas já havia partido e Arminda se perguntava por que não fora com ela, por que tivera medo de seguir a única pessoa que cuidara dela na vida. E como a vida de Arminda era esperar, esperava a carta prometida por Domingas. E a carta chegou. Foi baseada nela, no tesouro de Arminda, que a freira escreveu a novela.

"Minha flor de mandacaru, depois de mês viajando, cheguei a uma terra onde tem água nos rio. Tem também uns bicho feio, de madeira, que eles chama de carranca e diz que espaventa esprito ruim dos barco. Minha estrela-guia foi a lembrança daquela noite de lua cheia que cê dormiu nos meus braço. Grudada. Um bumbo batendo dentro do seu peito e cê suaaava de medo. Foi o dia mais bunito da minha vida. Teve também as estrelinha miúda das outra noite que cê fazia que ia, mas saía correndo porque o medo tomava conta. E o Tonho nunca que voltava, nem deve de tê voltado. Cê num falava mais comigo e se eu ficasse mais um pouco sem aquela comida, cozinhava os miolo de sofrimento. Agora cê já sabe onde eu tô. Pega o barco e vem. Domingas."

E assim as duas meninas, uma de dezenove e a outra de dezesseis, se encontraram em Buritizeiro e viveram juntas por mais de cinquenta anos, como irmã do marido fujão e cunhada. E ai de quem dissesse algo diferente.

III

Papo de barbearia

O Clube do Bolinha tem segredos que as Luluzinhas dificilmente desvendam. A Marieta agora está infiltrada. Às quintas e sextas cuida das unhas dos homens na barbearia do Neco. Tá pensando o quê? A febre do metrossexual já chegou a esse reduto masculino também. E sabe homem como é, tem partes do corpo que só uma mulher pode pegar. Um companheiro de espécie pode fazer-lhe a barba, cortar-lhe os cabelos, aparar-lhe as costeletas, mas nas mãos, pés, coxas, costas, espinhas e cravos só uma mulher pode mexer. Não chega a ser estranho, faz sentido, já imaginou um marmanjo fazendo as unhas de outro? Coisa de gay trabalhar como manicure.

O macho que é macho acha que certas funções são de exclusividade feminina. Fazer pé e mão, massagear as costas, espremer coisas líquidas, pastosas e sólidas de cravos, espinhas e demais erupções cutâneas, por exemplo, são típicas funções de mulher. Só há uma exceção para o macho clássico, as coxas. Essa é uma parte do corpo masculino à qual as mulheres costumam tocar na hora do sexo, mas o massagista do time de futebol tem prerrogativa para fazê-lo a qualquer momento.

A atuação da Marieta no campo inimigo tem-nos permitido devassar o indevassável. Eles já se acostumaram à presença dela. Discreta, sempre com aquela cara de paisagem de folhinha. Profissional, muito profissional, que a Marieta não abre mão de sê-lo. Tudo muito esterilizado. Técnica de extração de cutícula e tratamento de unha encravada indolor. Bases opacas, porque os rapazes gostam de um detalhe na ponta dos dedos, mas sem afetação. E os meninos soltam o verbo como se ela não estivesse ali. Às vezes abrem o coração para ela. Discretamente, pedem conselhos para lidar com as transformações do corpo e da alma das filhas adolescentes e mesmo adultas. Cuidar dos filhos é mais fácil, sempre foi. Antes dava-se dinheiro para que eles conhecessem as prostitutas, hoje a contribuição paterna destina-se ao custeio de camisinhas. Filho homem é só mais um bode no mundo. O problema é a cabrita que ele tem em casa. E como comedor, ele sabe o que os outros da espécie pensam. Coitada da sua filhinha. É por isso que tanto homem enfarta quando as filhas chegam à adolescência.

Mas passemos aos casos, pois sei que meninos e meninas estão curiosos para saber o que uns falam sobre as outras. Além do Neco, dono do estabelecimento, um auxiliar e a Marieta, havia cinco homens na barbearia. O que estava sentado na cadeira, com a cara cheia de sabão, começou a contar um caso presenciado (ouvido) em um motel. Diz que o casal tinha acabado de estacionar o carro e entrar no quarto. Não tinha dado nem tempo de tirar a roupa e a mulher gemia como se nos primeiros vinte minutos da partida o time dela já tivesse metido três. Não, meu, três minutos de jogo, ou seja, a bola, se tocada direitinho, ainda não tinha chegado à grande área e a mulher gemendo daquele jeito? Truco! Seis! O sujeito é um pato. Vamos e venhamos, ela tava fingindo. Pra segurar um placar daquele o cara tinha de ser uma potência e ela diferente de todas as outras, porque dispensava a chatice da partida preliminar.

Teve um outro que se empolgou e naquelas de mostrar que era mais macho do que todos os outros multiplicados, contou uma de difícil deglutição. Disse que cinco contra um não era com ele. Para mexer ali, só se fosse mulher. Era um cara home. E, por não gostar de pegar no próprio bilau, ele aprendeu a urinar sentado. Pode?

Mas no dia que a Marieta contou o caso de seu Olímpio, foi o maior segredo do clube já revelado. Ele estava muito preocupado com a filha de vinte e cinco anos, pois estava saindo com um homem branco de sessenta e cinco, mais velho que ele. Disse ao pé do ouvido da Marieta que eles procuram as negras, quando o apito já não toca tanto. É o mesmo efeito de uma gemada de ovo de pata. Levanta até defunto.

Marieta minimizou a gravidade do assunto e mencionou o Gaetano Velasques, aquele ator famoso, que também está namorando uma moça negra, uns quarenta anos mais nova que ele. E eles se dão superbem. Ela saiu na capa de várias revistas durante o carnaval, como a musa negra dele. Mais um passo no harmonioso sistema de integração racial do Brasil. Importa o respeito, o amor, a consideração. Mas seu Olímpio não se consolava. Insistia em ver a filha como uma gemada de ovo de pata.

A coleção de dicionários de capadura na estante

O vendedor de porta-a-porta é o substituto do mascate nas periferias das cidades. A diferença é que em sua mala não se encontra mais de tudo. O que temos é a modernidade, a especialização por produto. Se vende livros, por exemplo, tem dicionário, livro de receitas, moldes de costura, bíblia para católico e para evangélico etc. De porta em porta são oferecidas as obras do Clube do Livro e as novidades gastronômicas. Picantes. Sintéticas. Saudáveis. O lançamento da vez é o Yakult, uma bebida láctea com lactobacilos vivos, boa para os intestinos. Ideal para beber gelado, no café da manhã ou da tarde, antes ou depois de uma atividade física. Não faltam também os tradicionais panos de prato, panelas, jogos de copos e xícaras, calça jeans igual à do pessoal da novela. Artefatos novos, baratos e parcelados.

Toca a campainha e a mãe resmunga antes de atender, era um vendedor de livros. Ela pensa em descartá-lo logo, pois ainda não terminara de pagar a coleção de educação moral e cívica – *Vultos da História Brasileira* – Ana Néri, Marechal Deodoro, Duque de Caxias, Tiradentes... comprada daquele mesmo vendedor. São quatro volumes: um verde, outro vermelho, um azul e outro amarelo e mais um fininho de cor desbotada na memória, com pequenas biografias e fotos dos vultos da história brasileira.

Os livros têm duas serventias na família Silva dos Santos: dão o ar de pensamento da casa e são fonte preciosa para as pesquisas escolares dos três filhos. Aos poucos ela vai cedendo à lábia do vendedor e se interessa. A menina já passou para a 5ª série e todo mundo diz que ela é muito inteligente. Ela, a mãe, é semialfabetizada e considera o livro um artigo esquisito, de luxo, que ela se acostumou a ver nas casas das patroas. A menina, esquisita que é, gosta deles, fala com eles, está sempre com eles.

Atendendo ao grito da mãe, ela corre para avaliar a qualidade dos dicionários. Seus olhos brilham. Um *Aurélio*. Legítimo. De capadura, em quatro volumes, como aqueles mostrados na biblioteca da televisão. Ela avalia criteriosa, exagera no interesse para sensibilizar a mãe a adquiri-los. Opsevê, capadura! Nunca teve um livro de capadura nas mãos. Só vira a Barsa nas estantes dos amigos ricos. Ricos porque tinham uma enciclopédia de capadura em casa. Olha para a mãe e aprova a compra. Tem vontade de abraçá-la, de dizer que ela é a melhor mãe do mundo, mas já estavam ali há uns quinze minutos e a mãe apressa o vendedor. Havia muita coisa a fazer. Trouxas de roupa suja para lavar e outras tantas de roupa limpa para passar. Encomendas de roupas para coser, doces e salgados para entregar. Flores de pano para bordar, todos os ofícios das mães negras para oficiar.

O acerto é feito com um pequeno carnê, em doze prestações. Sem carteira de identidade, CPF ou comprovante de renda, nem original, nem xerox, só a palavra, a dignidade de pobre e o endereço fixo para o vendedor buscar o valor do mês ou cobrar se houvesse atraso.

A mãe entra na sala com os quatro dicionários debaixo do braço. Quatro volumes do *Aurélio*, de capadura verde-água e um minidicionário, mais fino, um bônus como na coleção de moral e cívica. Procura um lugar apropriado no móvel da sala. Ao lado do casal de pretos velhos? Atrás do Buda ou do elefante de traseiro virado para o povo? Não, quem sabe debaixo das flores artificiais? Decide deixá-los ao lado dos outros livros, pois assim o volume de pensamento da casa aumentará.

Enquanto retorna ao tanque de roupa suja pensa que a próxima aquisição literária da residência Silva dos Santos será para si mesma: uma bíblia e um porta-bíblia para carregá-la aberta no canto da sala.

"Oh... a comida tá pronta." O pai chama a menina já adulta para almoçar. "Tem queijo e doce de leite na geladeira, se ocê quiser..." Ela pega o prato que o pai lhe oferece e se encaminha para o fogão de lenha, disfarçando as lágrimas.

Melô da contradição

O menino negro estava muito triste e contava ao outro que apresentou seguidos atestados médicos à empresa para ser demitido. Assim, pretendia pagar a dívida do primeiro semestre na faculdade e trancar a matrícula, para retomar Deus sabe quando.

Mas isso é problema de todo jovem pobre que estuda em faculdade particular, não precisa ser negro para passar por isso. Tá certo, mas ocorre que ele trabalha como repositor de mercadorias em uma monumental rede de drogarias da cidade e sente-se humilhado porque a regra é que os repositores ascendam ao posto de vendedor (se forem bons funcionários e ele o era) num período máximo de oito meses. Ele já completou quinze e todos os colegas (brancos) que entraram junto com ele já são vendedores.

Ingênuo, como todo garoto sonhador de 23 anos, ele pensou que seria promovido (recompensado) pela aprovação no vestibular de uma boa universidade e por fazer um curso ligado à sua área profissional. Que nada, o gerente foi insensível e ainda disse que logo, logo, ele desistiria dessa ideia de curso superior, "coisa de burguês".

Ele chorou e deu socos no travesseiro pensando que o salário de vendedor, acrescido das comissões lhe permitiria pagar pelo menos cinco das sete mensalidades do semestre, e as duas restantes, a escola negociaria.

Fez outra investida, dessa vez para tentar diminuir o cansaço e os gastos com transporte. Pediu transferência para uma unidade da drogaria mais próxima da faculdade, onde ninguém quer trabalhar, principalmente quem goza do status de trabalhar numa loja do centro. Recebeu outro não. Aí, não lhe restou outro caminho senão pirraçar o gerente para ser despedido. Não podia se demitir porque perderia o seguro desemprego e aí não teria mesmo como quitar a dívida que o atormentava.

Ainda bem que as baladas do final de semana se aproximam e com elas o aconchego das moças brancas que o acham um neguinho bonitinho, gostosinho, de tirar o chapéu. E lhe dão a ilusão de ser menos negro e discriminado, por figurar como um pretinho básico do guarda-roupas.

Luana

Luana tem dezoito anos. É moradora do Jardim Irene, Zona Sul de São Paulo. Mãe de Diogo, dois anos, e divide um barraco na frente da casa da mãe com Rogério, pai do menino. Luana fez cursinho comunitário e passou no vestibular. Está na faculdade e dá a maior força para sua turma também entrar pra *facu*. Tem emprego fixo (é estagiária em um banco) e toca um pandeiro de fazer inveja à Martinália. O Irene todo se orgulha de Luana. É a menina dos olhos da vila onde mora.

Ninguém pode, ao descrever Luana, omitir sua beleza. É eleita a *miss afro* da escola desde os treze, quando o concurso começou. Uma vez, o grupo de amigos, liderado pelo então aspirante a namorado, Rogério, resolveu fazer um *cover* da música *Negra Ângela*, do Neguinho da Beija Flor e criaram a *Negra Luana*. A rima ficou quebrada para cantar, mas Luana foi imortalizada pela primeira vez. Além do quê, colou! Depois dessa, Luana se apaixonou por Rogério e, do amor e da falta de camisinha, logo nasceu Diogo. A vida ameaçou parar um pouco, mas Luana teve apoio da mãe, D. Marisa, e se manteve estudando. Terminou o ensino médio, fez o cursinho comunitário, como já contei a vocês e está na faculdade. Que orgulho!

Dia 2 de abril de 2002, uma sexta-feira, Luana voltava para casa. Rogério tinha ido buscá-la na *facu* e amigos e conhecidos entravam na última lotação da noite. Gente que saía do *trampo*, da escola, do início da balada. Cumprimentavam-se e a crônica do dia rolava solta: "E aí, firmeza?" "Tô a pampa!" Desfilavam as *minas*, "*os minos*", as conquistas, as chatices do chefe, a Guarda Civil Metropolitana e os *baculejos* dentro do colégio. O beijo das lésbicas na novela, que ensaia, ensaia, mas nunca rola e, de assunto em assunto, o tempo passa mais depressa até a *quebrada*.

Eis que entra um jovem meio alterado na lotação e grita: "Aê mano, todo mundo calado que eu quero dormir, morô?" "Aê mano, qual é a do cara, tá me tirando?", responde de pronto um membro do grupo. A turma do deixa-disso entra em ação, fala que não custa nada falar mais baixo. O mano deve estar estressado. Outros acham que não, "que cara mais sinistro, *meu*!" O destoante vai ficando nervoso, furioso quando o papo resvala para o futebol e para o empate de dois times rivais no domingo anterior. Ele grita que o time dele tinha sido roubado e solta diversos palavrões. A discussão esquenta e ele, em nítida desvantagem, pois não fazia parte do grupo e era o elemento da discórdia, desce do coletivo dois pontos antes do final da linha. "Aê motô, pára essa joça que eu vô descê". O motorista estaciona no ponto e o rapaz corre, xingando todo mundo. A moçada de dentro do ônibus não deixa por menos e também xinga o rapaz. "Já vai tarde ôh de mal com a vida, filhote de *curuzcredo*! *Mó* sinistro mano!"

O garoto entra em casa e pega uma arma. Pega a moto e o irmão que, a contragosto, vai ajudá-lo a resolver uma parada. Correm como loucos e chegam à entrada da vila. A turma já desceu do ônibus e está concluindo os dez minutos de caminhada até o início da ponte sobre o córrego, único caminho para entrar na vila. O rapaz da arma passa para o banco do carona, o irmão para o banco do piloto, acelera e o irmão passa pelos jovens gritando e atirando. Desespero total. As pessoas correm. Fogem. Duas pulam no córrego. Gente ferida, gente morta. Luana tomba abraçada aos cadernos. Muito sangue jorra da cabeça e das costas. Rogério grita, pede socorro. Todos os que estão em condição de gritar, gritam. Os que não estão feridos entram na vila correndo, implorando ajuda. Conseguem um motorista de carro que concorda em subverter a ética do extermínio e prestar socorro. Sim, porque como é sabido, em casos de chacina, assassinatos de aluguel e tentativas de morte por motivo desconhecido, em bairros como o Irene, manda a ética dos bandidos que não se preste socorro pois você pode se complicar. Deixa ali, morrendo aos poucos. Entre doze e vinte e quatro horas depois, o *rabecão* aparece para recolher o corpo. Mas era Luana. Quem quereria matá-la? Não poderia haver mal em socorrê-la.

No hospital, a notícia: Luana morreu. A mãe quando chegou ao cemitério gritava a dor do mundo. Nada a consolava. Ninguém tinha força para ampará-la: "Minha filha, o que fizeram com você?" Ao Diogo contaram que mamãe Luana, como ele a chamava, tinha ido para o céu. O pequeno passou muitos dias olhando para o alto e perguntando: "Mamãe Luana, quando você vai descer daí? Vem embora, eu tô com saudade". D. Marisa não suportou o sofrimento de ver o sangue da filha transformado em mancha no chão da ponte. Todo dia tinha de vê-lo, pois a ponte era o único caminho para sair da vila rumo ao asfalto. Na hora da volta a tortura se repetia. Mudou-se para outro bairro, mesmo sabendo que o poder público continuaria omisso.

Luana tinha dezoito anos. Era moradora do Irene, mãe de Diogo, dois anos. Fez cursinho comunitário. Passou no vestibular e estava na faculdade. O Irene todo tinha orgulho de Luana. Era a menina dos olhos da vila onde morava.

Filhas do vento

Um dos mais belos livros de Isabel Allende chama-se *Paula*. Texto sensível, poético, de rara beleza e profundidade. Escrito como uma carta à filha Paula, que padecia de doença gravíssima (porfíria), e, entre outras sequelas – caso sobrevivesse – teria a memória comprometida. Isabel nos fala do coma, dos medos e das esperanças; do desespero e do conforto da espiritualidade para suportar a dor e o sofrimento, causados pela lenta agonia de sua filha, de vinte e oito anos da mais pura alegria e crença na vida.

Paula partiu, e Isabel recebeu milhares de cartas de leitores e leitoras de *Paula*, espalhados pelo mundo. Todos os livros de Isabel reunidos não produziram, em muitos anos, a correspondência provocada por *Paula* em poucos meses. Isabel dizia que a consolava saber que o livro abrira um espaço, no qual os leitores e ela compartilharam suas perdas e dores, bem como suas esperanças e recordações. Publicou então, *Cartas a Paula* , uma pequena parte das mensagens recebidas. O livro é apresentado como um testemunho, de como a literatura pode ajudar - senão a curar a dor, pelo menos a cicatrizar certas feridas.

O filme *Filhas do vento*, de Joel Zito Araújo, teve em mim efeito similar, cicatrizador. Ele faz um afago na África ferida e acuada em um canto da alma da gente. Traz um choro que acompanha a dor das personagens, também nossa. Mas traz, junto, tanta alegria! É quase uma epifania da estética negra, reinventando o lugar da gente no cinema brasileiro.

É uma obra de vencedoras. Afinal, Dorinha aprendeu na escola que os negros, bem pretos, só têm as palmas das mãos e a sola dos pés "brancos" porque foram os últimos a tomar banho no momento da criação, e só puderam molhar os pés e as mãos. O restante ficou sujo, mas subverteu o anunciado destino de insucesso. Tornou-se atriz e poeta. É, mas não conseguiu representar uma moradora de favela carioca por ser bonita demais, fina demais e educada demais. Parecia negra norte-americana. Haja solução poética para tanta idiossincrasia racista.

Mas Isabel nos lembra que a vida, como seus livros, é feita de dor e de amor. A dor a obriga a aprender, e o amor a crescer. A literatura é para ela um ato de alquimia, é a capacidade de transmutar as banalidades da existência em sentinelas de sabedoria. Dessa alquimia também entende Joel Zito. No filme, várias gerações de mulheres negras mineiras olham as montanhas. Indagam o que há por trás delas, nas linhas do passado e no horizonte. Aprendem suas lições de dor e de amor. E o artista, talvez precise escrever um livro: *cartas às filhas do vento*, para dar conta das numerosas mensagens, emitidas pelos corações tocados por sua obra.

Histórias da Vó Dita

Adoro ler histórias em quadrinhos. Acho mesmo que meu gosto pela literatura foi despertado por elas e por Monteiro Lobato. Nos dois casos, os olhos da crítica se juntaram aos olhos da diversão, anos depois de terminada a adolescência.

De Monteiro Lobato eu gostava das histórias do reino das águas claras, da sapiência do Visconde de Sabugosa. O Tio Barnabé também era querido, o "pai joão" do Sítio. A Cuca e o Saci eram charmosos. O rinoceronte, o Rabicó e outros bichos, nominados e falantes, me enchiam de alegria e incentivavam minha própria criação de histórias. Da Emília não tenho grandes lembranças, mas sei que ela me irritava. Talvez pela excessiva prepotência, pelo jeito desdenhoso de tratar a Tia Anastácia.

Nos quadrinhos eu me lançava e lia tudo o que caísse em minhas mãos. Disney, Recruta Zero, Luluzinha, Mafalda, Mulher Maravilha, Homem Aranha e os outros heróis Marvel. A Turma do Pererê, Riquinho, A Pantera Cor-de-Rosa, Zé Colméia, Falcão, o herói negro que tinha vida própria ao lado do Capitão América. Devo confessar constrangida que lia também Tarzan e Fantasma. Quando surgiram os heróis tecnológicos, Ex-Men e uma infinidade de outros, eu já tinha conhecido Machado de Assis e Lima Barreto e esses novos quadrinhos não me encantaram como os anteriores.

Ainda menos os Mangás, heróis do terror psicológico japonês, publicados no Brasil recentemente.

Lia também todas as publicações do Maurício de Sousa. Quando descobri o Horácio foi amor à primeira vista. Aqueles olhos tristes, a reflexão sobre a existência e as questões centrais para a vida dele: o abandono, a solidão, a solidariedade, a busca de um amor e de amigos. É pena que o Maurício produza tão poucas histórias do Horácio. Meu queridíssimo pequeno dinossauro.

Acompanhei com alegria a publicação de Pelezinho, revista do Maurício que homenageava o rei Pelé e cuja maioria dos personagens era negra. Comprei até a quarta ou quinta edição e durante muitos anos guardei o primeiro volume como uma relíquia. Depois os olhos da crítica entraram em ação e passei a achar estranho que todos os personagens negros do autor estivessem confinados àquela publicação.

Por continuar acompanhando o trabalho do Maurício é que aplaudi em 2005 a criação de mais dois personagens muito simpáticos: Dorinha, uma deficiente visual e Da Roda, um cadeirante. No final desse mesmo ano fui à banca de jornais para sapear os quadrinhos novos – costumam sair coletâneas das melhores histórias e sempre se tem a esperança de encontrar algo do Horácio. Aliás, está na hora, pois a única coletânea do verdinho saiu em 1993. Como não havia a surpresa esperada, me interessei por um volume do Chico Bento, composto pelas melhores histórias da Vó Dita, a avó dele. Uma velhinha carinhosa e sábia, mas durona quando necessário.

Nem mesmo no início da leitura consegui me divertir, pois, de cara, na primeira história, aparecem dez silhuetas identificáveis de meninos que oferecem dotes à menina rica, personagem central e objeto do desejo deles, e não há sequer um negro. Coitado do Juninho que se acha tão galante. Na segunda, a mesma coisa. O Chico queima a língua com o café espumante da Vó Dita e sofre uma série de contratempos até chegar ao hospital. À mercê da falta de sorte ele empurra a Rosinha - eterna namorada - para uma poça de lama e ainda lhe mostra a língua, que por estar queimada não se continha dentro da boca. Ela acha que é deboche e está armada a confusão. Aparecem o frei, dois médicos e uma enfermeira. Todos brancos.

A quinta história, intitulada "Mentir não é fácil", acompanha a vida do Tertuliano, um mentiroso contumaz. Além dele, branco, tem o Astolfo, professor e amigo da família. Aparecem também diversos colegas de escola do Tertuliano em uma sequência de três quadrinhos. Todos os figurantes são brancos. Ora bolas, por que não existem negros nem entre os personagens indiretamente envolvidos na trama central?

Contei as histórias: 25. Contei as essencialmente familiares: 12. Considerei como tais aquelas em que além da família do Chico, figuram apenas os personagens clássicos de sua turma: o Nhô Lau, a Rosinha, o Zé Lelé, a professora da escola, o Frei e mais dois ou três coadjuvantes. Nessas relevei a ausência de qualquer personagem negro, pois, na gênese, o núcleo familiar do Chico é branco. Mas não pude deixar de reparar que em 3 das 25 histórias aparecem personagens orientais. Pareceu-me então que há preocupação em representar um certo tipo de diversidade ou pelo menos retratar um certo tipo de rosto comum na paisagem rural de São Paulo. Mas será que existem mais orientais do que negros no interior do estado e por isso eles merecem algum destaque?

Para não dizer que os negros não aparecem, lá pela nona história, "o homem que enganou o diabo", há um negro como personagem principal – o diabão, o coisa-ruim. Na história 12 aparece o segundo personagem negro da revista, o lobisomem. Há também o Saci (genuinamente negro), a Mula-sem-Cabeça (cinza) e o Curupira (negro-indígena).

Quando pensei que já tinha visto tudo em termos de ausência do negro ou presença desqualificada, a história 16, "Quando o violeiro toca", me estarreceu. Nos rostos bem visíveis da multidão que assiste ao primeiro show do violeiro (branco), cerca de dez pessoas podem ser identificadas e apenas uma não é branca. O professor de música é branco. Dentre a multidão que ouve o violeiro criança tocar, há catorze rostos bem definidos, todos brancos. Em outra multidão que assiste ao segundo show do violeiro adulto, contei nove rostos nítidos, todos brancos. Jarbas, o segurança, é branco. Há seis fãs que correm tresloucadas atrás do galã. Todas brancas. Um dia aparece o cramunhão (diabo) para cobrar a dívida do pacto firmado para que o violeiro se tornasse um exímio tocador. Não se pode dizer que ele é negro, mas é uma silhueta escura. O violeiro foge pela janela e quem o ampara? A enorme e protetora mão branca de Deus. Uma mão muito interessante, pois tem unhas grandes, podendo ser de um violeiro do bem ou de uma Deusa.

Naquela altura me cansei. Deixei a revista de lado e só consegui retomar a leitura, que continuou frustrante, depois de alguns dias. Quando contei este meu périplo dos quadrinhos em sala de aula, para uma turma de professoras, uma delas comentou que para publicar as histórias da Mônica na China, o Maurício teve de fazê-la parar de bater no Cebolinha com seu inseparável coelho azul. Por motivos óbvios, não é? A mulher-menina naquela sociedade não pode ser incentivada a bater, deve continuar apanhando. Qual será a pedra de toque para que o Maurício inclua personagens negros nas suas histórias em quadrinhos no Brasil? Talvez o sucesso de Ronaldinho Gaúcho entre as crianças. Um novo Pelezinho, mesmo que integrado à turma da Mônica.

Domingueira!

Anos finais da ditadura. Nos barzinhos, festivais de música nos colégios, rodas de violão nos grupos de jovens da igreja, todo mundo canta Geraldo Vandré: "Caminhando e cantando e seguindo a canção". Canta-se também "Andança" – "Vi tanta areia, andei, da lua cheia, eu sei". E Gilberto Gil faz uma versão de *No woman no cry*, de Bob Marley, aludindo aos desaparecimentos políticos nos porões da repressão militar. Mas parte da moçada negra, alheia a esse movimento de resistência política, só pensa em outro, nos passos de dança no *baile black*, nas combinações rítmicas e estéticas para brilhar na pista.

Termina a década de 70, primeiros anos dos 80 e James Brown (infelizmente, um futuro espancador de mulheres) dá aquele gritinho esganiçado e sensual... auuuuuuuu, *I fell good* – entram os sopros: pararan raram raram – *so good* – os sopros novamente – so good, tantan, *so good*, tantantantan tantan, uuullllll! Foi dado o grito de guerra, os bailarinos e bailarinas deslizam na pista. É dia ainda, matinê, mas a luz do sol não entra. A pintura das paredes é escura e os lustres piscam para dar aquele ar de discoteca. Dezenas de calças "boca-de-sino" vão e vêm, em profusão de movimentos. Blusinhas estampadas, coladas ao corpo das moças, os punhos mais largos, uma espécie de "boca-de-sino" pequena. Sapatos plataforma, pretos, engraxadíssimos. Uma correntinha ou crucifixo no pescoço. Braceletes dourados imitando ouro e os cabelos, ah meu Deus, os cabelos *black power, black panther*, poder negro no Brasil.

A indumentária de quem curtia a *soul music* era cheia de detalhes e requintes, mas os cabelos constituíam um capítulo à parte. Começava pela escolha do pente, seguido pela técnica de desembaraçamento e coroado pelo uso de um disco. Era mais ou menos assim: imagine um garfo. Não, não, não, não é um garfo de mesa, imagine o garfo de Netuno, o rei do mar, imaginou? Aquela coisa imponente, elegante, com três dentes no original. Mas acrescente outros, vários, dentes finos, de metal, levemente espaçados, adequados para o cabelo crespo desenrolar-se por aqueles pequeninos vãos. Diminua o tamanho do cabo, de acrílico. Deixe-o adequado à sua mão, uns dez centímetros bastam. Daí já viu, né? Muito jovem negro que tinha um pente desses no bolso foi preso por "porte ilegal de armas". Mas o pior não era ser preso, era ficar sem o pente e ser impedido de cuidar dos cabelos. E você pode me perguntar por que esse pente era carregado no bolso. Ora, para retocar o penteado entre uma sessão de música "quente" e outra "lenta" durante o baile. As meninas eram mais discretas ou mais contidas e costumavam portar um garfo menor, dentro da bolsa, de material mais flexível, tipo plástico.

De volta ao ritual de desembaraçamento, recomendava-se passar o garfo da raiz dos cabelos até as pontas, eriçando-os, numerosas vezes. De olho no espelho e acertando-os com mãos incansáveis. E o disco, onde entra? Nos arremates. Era o disco, um compacto simples ou pedaço de *long play*, o finalizador da cerimônia. Aquele que acertava os fios soltos e deixava o cabelo impecavelmente redondo.

Durante o baile, quando começa a primeira sessão de música lenta é aquela correria para os banheiros. Os garotos sacam o pente do bolso de trás da calça e iniciam os retoques à cabeleira e ai daquela que num carinho mais afoito desarrumasse alguns fios da juba circular do amado. Era motivo para fim de relacionamento. As garotas seguem para seu respectivo banheiro e fazem a mesma coisa. Aproveitam também para lavar o rosto suado e renovar o batom que será borrado nos beijos seguintes. Termina a primeira sessão de "lentas" e o *disc jockey* aproveita para apresentar um grupo pouco conhecido da galera, um tal *The Wailers – get up, stand up, get up for your rights, get up, stand up, don't give up to fight.*

Chega a esperada hora do concurso de melhor dançarino e dançarina da noite. A disputa entre as meninas pega fogo, mas só enquanto Nena não entra na pista. Depois que ela chega, altaneira e soberana em seu metro e meio, não há mais concorrência. Em sua performance inicial, os punhos postam-se cerrados próximos à barriga, cabeça para a esquerda, pés para a direita e escorrega para a esquerda. A cabeça sempre do lado oposto ao pé que conduz o movimento. Desliza, flutua, põe as mãos para trás e roda, dá uma pirueta. E a gente embevecida com a agilidade dela. Quando menos se espera ela cruza os braços junto ao peito, empina a cabeça, joga-a para trás e vai para o chão de pernas abertas, em uma abertura que àquela época encantou Nádia Comanetti. Hoje arrancaria aplausos de Daiane dos Santos. E não tem para ninguém. As outras meninas dançam até terminar a música, só para evitar a vergonha de abandonar a disputa pela metade, mas o resultado já é de domínio público: NE-NA! NE-NA! NE-NA!

Poesia num ônibus de BH

Há poesia nos ônibus de vários lugares do Brasil, mas parece que encontrá-la na cidade da gente nos toca mais, humaniza a cidade e seu povo, dá esperança de transcendência para nossas dores. Foi assim outro dia em BH.

Encontrei poemas impressos, pregados nos costados dos assentos de um ônibus da linha azul. De acordo com o sistema de trânsito local, esta é a cor destinada aos coletivos que ligam um bairro ao outro. Entenda-se que são os bairros próximos do centro, não há ligação entre os periféricos. Pois bem, mais tarde, naquele mesmo dia, entrei em um ônibus da linha vermelha, cor atribuída aos coletivos que circulam pelas grandes vias de escoamento - Amazonas, Antônio Carlos, Carlos Luz etc. - em direção às periferias da cidade. Neste não havia poesia.

A título de cultura de trânsito do município, informo que existe ainda a linha de ônibus amarela para os chamados circulares - 1, 2, 3, 4 e 5 - se não me trai a memória, que trafegam nos limites da avenida do Contorno. Como o próprio nome indica, a referida avenida contorna a cidade, aliás, o pequeno núcleo urbano planejado no século XIX.

Uma das grandes vias, pelas quais circulam os ônibus vermelhos, é a avenida Vilarinho, recentemente construída. Fica em Venda Nova, bairro muito populoso da Zona Norte, um dos maiores colégios eleitorais da cidade, no caminho para Ribeirão das Neves, localidade para a qual me dirigia. Lá está instalada a famosa Penitenciária de Neves, terror dos moradores nos momentos de rebelião e fuga. Trata-se de uma via larga, diferente do traçado original das primeiras ruas. É larga e longa. Para chegar a Neves, você fica uma hora e dez minutos no ônibus, feito boi no caminhão da transportadora. Sacoleja e olha para o nada, ou melhor, embebeda-se de grama. Quilômetros e quilômetros de grama, justificáveis se fossem pasto. Embora o que exista ao redor de tanto pasto seja gente e gente não paste (pelo menos em tese). Gente poderia jogar basquete e futebol. Andar de skate ou patins. Brincar de trepa-trepa, balanço e tantos mais brinquedos nos quatro metros de largura ociosa no canteiro da avenida.

Era um reencontro com minha cidade, com a poesia e com a falta dela. Ah... Belo Horizonte... Belo Horizonte é uma imensa casa-grande. Um sobrado mal assombrado por móveis de madeira maciça trazidos da casa-grande das fazendas. De azulejos portugueses na fachada, tudo revestido com os tons sombrios da hierarquia racial. Gemidos pelos cantos e porões. Mãos negras preparando a comida, lavando as roupas e as privadas. Recolhendo o lixo, os dejetos, as sobras. Cidade cercada por montanhas ocas, onde outrora existiu ouro, diamante e ferro, resguardam, nos dias de hoje, um jeitinho cruel de manter coisas e pessoas em seus devidos lugares.

A primeira vez que vi um daqueles móveis coloniais de madeira maciça fora dos museus de Sabará foi na casa do Gallo, colega de faculdade que morava em frente à escola. Fui lá para buscar um livro. Entrei e não sei o que mais me aterrorizou, a tal peça colonial que ocupava toda a parede em frente à porta ou a cara incrédula e repressora dos pais do

Gallo. Quem era aquela preta que entrava pela porta da frente? O Gallo se apressou em me apresentar. Eles distensionaram um pouco o rosto, deram um formal boa tarde e me disseram para "ficar à vontade", embora tivessem se esquecido de me oferecer café ou me convidar para sentar. Tudo bem. Eu não aceitaria o café mesmo, mas queria matar o Gallo. Para que me fazer passar por aquela situação patética, para dizer o mínimo. Os livros do tal trabalho pesando na bolsa e o Gallo demorando. Tempo suficiente para olhar o móvel, a enorme sopeira, a bacia do lava-pés, o belo jarro de carregar água. Louça europeia do século XV ou XVI, porém não posso precisar, pois matei a aula de história da arte no dia em que ensinaram a identificar a data e o país de origem daquele tipo de peça. Finalmente o Gallo encontra o livro, volta, me entrega. Nem precisou me levar até a porta porque de lá não me movi. Nos despedimos, agradeci, dei boa tarde à família e ficamos todos aliviados ao final daqueles minutos intermináveis.

No corredor eu não sabia o que fazer, embora atordoada, mantinha o mínimo de lucidez e dignidade para domar minhas pernas e não me dirigir ao elevador de serviço. Mas e se fosse destratada no elevador social? A escada – quinze andares abaixo seriam suficientes para descarregar toda aquela adrenalina. Mas e se o vigia encrencasse? Uma preta que não trabalhava ali, descendo a escada ofegante, com uma bolsa cheia (de livros, mas ninguém tinha obrigação de saber). Podiam pensar que eu era diarista e descia pela escada para evitar o encontro com alguém que pudesse desconfiar do furto perpetrado na casa da patroa. Se alguém me abordasse? Teria eu forças para fazer um discurso cidadão e anti-racista? Conseguiria demover a postura do vigia com argumentos, sem passar pelo constrangimento de que, pelo interfone, o cidadão perguntasse à família branca do Gallo se aquela neguinha dizia a verdade. Que vergonha, precisar de um atestado de idoneidade emitido por aquela trupe racista. Mas será que eles me salvariam da constrangedora identificação como meliante? Chega o elevador social, respiro fundo e entro. Por sorte só está o ascensorista que, preguiçoso me olha com uma cara de – "deixa ela achar que é gente" –, não fala nada (eu também não) e aperta o T. Chegamos e preciso novamente mandar um comando expresso para que minhas pernas não corram escada abaixo.

O tal do armário colonial me perseguiu por muitos anos, nas casas de amigos e conhecidos em Belo Horizonte, Salvador, Brasília, Goiás, Pernambuco, Alagoas, Mato Grosso...

O Gallo por si só dava uma novela. Boa gente, mas muito formal. Depois da "visita" à casa dos pais pude entendê-lo um pouco melhor. Deve ter sido para romper com aquele povo e com aquela história que ele abandonou o curso de Direito para cursar História. A gente formou uma chapa para o Centro de Estudos e só ele destoava. Éramos todos pseudo-anarquistas com forte simpatia pelo PT e encantamento pelo Lula. Ele era comunista, do Partidão, e chato como um carrapato. A gente comia no bandeijão da faculdade de arquitetura por absoluta necessidade. Uns moravam muito longe, como era o meu caso, e não existia comida mais barata do que aquela, e depois de comer era correr para o trabalho. Outros, embora morassem perto e a aula de francês só começasse às 16 horas, viviam em repúblicas, não tinham comida em casa. Mas o Gallo, não. O fofolete deixava de almoçar em casa e ia comer no bandeijão conosco. Não bastasse essa heresia, vinha com aquele papo enfadonho de organização do proletariado que tornava ainda mais intragável o feijão cheio de nitrato. A minha vivência da luta de classes era pegar ônibus cheio, em pé ou esperar mais quarenta minutos pelo próximo, porque os comandos não funcionavam à noite e as pernas teimavam em doer e não querer ficar de pé.

Eu tinha uma questão material mais concreta, havia descoberto que o nitrato, sob o verniz de conservante de grãos cozidos, era um poderoso inibidor da libido utilizado na comida preparada nas cadeias. Já pensou? Embora só o Talles me desse ouvidos, eu procurava mobilizar o Tatá, o Cláudio, o Valério e o Affonso para um movimento grevista ou no mínimo um boicote ao nitrato no feijão. E o Gallo com aquelas conversas diletantes. Faça-me o favor.

Meu médico ítalo-japonês a cada vez que volta de Minas Gerais dos encontros com a família da esposa, mineira, de fazendas, me diz: "Belo Horizonte foi muito difícil pra você, não é?" Eu vejo pelo que dizem os irmãos da Anunciação, principalmente as irmãs, porque as mulheres censuram menos os próprios preconceitos. Acham que a fala mansa, por si só, já os elimina.

Eu digo que sim, foi difícil. O interdito não se nomeia, ele está falando de preconceito racial, de racismo arraigado nas relações com os empregados, com os afilhados, com as mocinhas desamparadas às quais os fazendeiros acudiam para criar. Aquelas entregues pela família à madrinha na certeza de que pelo menos não passariam fome, mas só elas sabem todos os outros abusos a que foram submetidas. Ele conclui afirmando que a esposa e ele não ficam quietos, não aceitam calados, quebram o pau. Eu acredito. Ele não tem grande repertório reflexivo sobre o racismo, mas tem uma percepção da dor humana que o faz ser preciso e eficaz com as agulhas.

Por falar nisso, ele aplica uma e vou ao céu e volto com aquela dor aguda, fina, de aplicação subcutânea, mas de intensidade visceral. Passa rápido, depois fica só a memória da dor, acionada de tempos em tempos quando se mexe naquele lugar.

Pretos de estimação

Queridas, cheguei! Reparamos. Assenta-se à mesa de quitutes goianos, a marchã do pintor famoso. Hoje estou triste. Que raro. O que passou? Pergunta uma uruguaia do grupo. O mucamo morreu.

Ai ai, aí vem mais uma aficionada por gatos, falo comigo mesma. E gatos com nomes exóticos. Mas para ser simpática e me integrar à conversa, paro a garfada de empadão a caminho da boca e pergunto "Quem era o mucamo?" "Um preto da família da gente." Engasgo. Risinhos vários: de consternação, de constrangimento e de quem achou graça. Recebo tapas nas costas, mel e água. Alguém sugere que eu levante os braços, dê três pulinhos e chame por São Braz. Não desengasgo, nem sigo o conselho. Para variar, penso. O fenômeno da invisibilidade se repete. Sou preta. A única do grupo, mas se estou aqui, sou diferente. Preta como o mucamo, mas diferente dele. Não sou uma preta da família dela, então ela acha que pode se dirigir a mim como se eu não fosse preta...

Ela interrompe meus pensamentos e prossegue. "Tão querido, tão limpinho. Nunca teve ninguém, o pobrezinho. Depois que minha mãe morreu – que Deus a tenha em bom lugar – minha irmã mais velha que nunca gostou de morar em apartamento, ficou com dó e levou para ela. Ele morava nos fundos da casa, perto do canil. Era um preto de confiança, mais fiel à nossa família do que os cachorros do papai. Você sabe que o papai sempre criou cachorros, não é? O mucamo levava as crianças à escola, dava banho nos *dogs* e lavava os carros. Consertava pia, fiação, desentupia banheiro, aprontava o rancho para os peões da fazenda. Um preto de ouro, de ébano, hahahaha, como esse pessoal do movimento afrodescendente gosta de dizer."

Arg... que invisibilidade, que nada. A cretina queria me provocar. Lembrei-me do Roberto Jefferson e dos instintos primitivos que o Zé Dirceu despertava nele. E eu queria matar aquela mulher. Mas não queria me assemelhar ao Roberto Jefferson. Então, finíssima, aproveitei que a tosse não passava, pedi licença e deixei a mesa.

Minhas anfitriãs, muito sensíveis, anteviam o pior. Talvez um homicídio em legítima defesa, uma passagem da tosse ao vômito, ou, finalmente, um debate racial com aquela energúmena. Péssimo desfecho para um encontro tão afável. Mudaram de assunto para desfazer a nuvem de chumbo criada no ambiente. Perguntaram "E os amores?"

"Ah... nem te conto, tô apaixonada! É um deus grego em cima de um touro." "Ih... já vi tudo, é caso de rodeio?" "Ele não é qualquer um, meninas. Tem talento e estilo. É um legítimo Alcântara Machado. Al-cân-ta-ra, viu minha gente? Não é Alcantra como esse povo ignorante diz por aí. E sabem o que ele tem nos pés?" "Bo-ti-nas!", alguém responde e todas caem na gargalhada. "Não, queridinhas. As botas dele são especiais. Além de calçar 46 – por aí vocês já podem imaginar o tamanho – ele usa esporas com biquinho de prata, um charme." "Mas e o cara da semana passada?", alguém pergunta. "Pensei que você estivesse apaixonada por outro." "Quem?" "O negão cubano? Aquilo era só para manutenção."

Eu pulo do sofá. Depois pulo na parede e tiro o facão que lá estava pendurado. Na parede da varanda, eu já estou fora da casa. Olho para a cozinha pela parede de vidro. Entrego-me à lua no afã de domar meus instintos primitivos. Evoco meus rudimentos de maculelê. Risco o chão, risco o ar, louvo o vento e quero riscar aquela mulher do mapa terrestre. Mandá-la para algum lugar ainda menos evoluído. Seguro imaginários cabelos de medusa e sento-lhes o facão. Corto a cabeça da hidra. Demonstro força e habilidade impressionantes. Inimagináveis. O engasgo passa e, extenuada, dirijo-me à cozinha com o facão à mão para beber água.

"Ué, cadê a moça?" "Já foi", alguém dá voz ao alívio de todas. "O que foi?", pergunto e encaro os rostos assustados que me observam. "Nada, nada. Sabe aquele melzinho que você gostou tanto? Ainda está aqui. Toma mais um tiquinho."

TV a gato

Você sabe que às vezes o pessoal da favela faz gato não é só pela falta, mas também pela revolta. Você imagina o que é no inverno só ter água quente pro banho se esquentar a gás ou a lenha, porque não há energia elétrica? Andar a favela inteira com as suas sacolas de lixo debaixo do braço até o asfalto, porque caminhão coletor não sobe o morro? A moçada então, não perdoa. Esperança desacreditada, fermentada pela falta de perspectiva vira revolta.

Na juventude da Elza Soares existia bica e o pessoal subia com a lata d'água na cabeça. Vieram os sambistas do asfalto e fizeram os sambas que romantizaram a pobreza, como se viver do nada e das sobras fosse bom. Hoje o pessoal resolve a falta de água encanada com o gato feito por umas mangueiras sujas, furadas por pedregulhos e roedores. Contaminadas também por excrementos de bicho. É tanta gente neste país que bebe clorofórmio fecal - para não ofender os ouvidos mais puros.

Gato de TV a cabo você deve achar que é luxo, pois talvez nem você tenha (TV a cabo ou um gato de TV a cabo) em sua residência. Mas, veja bem: assim como um vivente tem direito à água potável, tem também direito à programação televisiva de qualidade. Para obtê-la, no Brasil, é preciso pagar uma assinatura. Suponhamos que você possa pagar. Ocorre que a empresa prestadora do serviço acha que o lugar onde você mora não é digno dele. E você, além de perguntar-se onde mora a lógica capitalista da empresa, faz o quê? Os meninos fazem gato. E quer saber do que mais, quem gosta de miséria é intelectual, já disse o Joãozinho Trinta.

E quer saber de outra coisa? O prédio do seu vizinho aluga apartamentos com TV a cabo incluída. Só que os usuários não pagam nada. Nem a administração. Ninguém paga. É gato.

Só derreal!

O menino negro aborda o casal de gringos brancos na sorveteria. Pega no braço do mais viril e faz gestos de abrir e fechar a boca, para frente e para trás. Antes de dizer qualquer coisa, o mais feminino intervém: "ele quer sorvete, *darling*."

O outro olha com ar de dúvida. Faminto, o garoto tem os olhos muito dilatados, parece estar sob efeito de alguma droga. O homem pega suavemente em seu ombro e pergunta-lhe o sabor. O garoto, nervoso, se ajoelha e repete os gestos com a boca. Acrescenta mais um gesto, as mãos abertas, dez dedos. O preço.

"*Baby*, vamos embora. Você oferece sorvete e ele parece que só aceita se você der mais dez reais. Não, não. Muito dinheiro".

Na saída da sorveteria, enquanto os dois caminham de mãos dadas, o menino esbraveja: "Gringo pão-duro! Faço por cinco."

Amai-vos uns aos outros

Escrevo pra me vingar. Declarou Marcelino durante a oficina. De um sentimento, uma situação, um (des)amor.

Imagine que eu também me vingue.

Negrinha ressentida. Você não acha que essa amargura que o negro carrega no peito é a causa principal do racismo?

– o título “Sobre o exercício da arte difícil e nobre de estar só” é, originalmente, um verso de Drummond;
– os versos “olha pro céu, meu amor, vê como ele está lindo, olha praquele balão multicor, como no céu vai subindo”, apresentados como epígrafe de “Uma historinha de São João”, são de Luiz Gonzaga e José Fernandes.

Este livro foi impresso em papel Pólen 80g/m² (miolo) e Cartão Supremo 250 g/m² (capa), no verão de dois mil e vinte e um.